反斗群英 5

我們都是大明星

梁望峯

小天地
Little Cosmos

人物介紹

夏桑菊
成績以至品行也普普通通的學生，渴望快些長大。做人多愁善感，但有正義感。

黃予思（乳豬）
個性機靈精明，觀察力強，有種善解人意的智慧。但有點霸道，是個可愛壞蛋。

姜C
超級笨蛋一名，無「惱」之人，但由於這股天生的傻勁，令他每天也活得像一隻開心的猴子。

胡凱兒
個性冷漠，思想複雜，口直心快和見義勇為的性格，令她容易闖出禍來。

孔龍（恐龍）
班中的惡霸，恃着自己高大強壯的身形，總愛欺負同學。

KOL
年紀小小的 youtuber 和 KOL，性格高傲自戀。

呂優
班裏的第一高材生，但個子細小又瘦弱，經常生病。

蔣秋彥（小彥子）
個性溫文善良的高材生，但只有金魚般的七秒記憶，總是冒失大意。

方圓圓
為人樂觀友善，是班中的友誼小姐。胖胖的身形是她最大的煩惱，但又極其愛吃。

曾威峯
十項全能的運動健將，惜學業成績差勁。好勝心極強，個性尖酸刻薄，看不起弱者。

目錄

第1章

我們想做大明星

　　這天小息，在小三戊班課室內，簡愛忽然問各位同學：「誰想做大明星？」

　　各同學面面相覷，大家對簡愛的提問，無一不感到興奮刺激。老實說，試問誰又沒有發過明星夢，活在鎂光燈下，受到萬人景仰，走在街上給粉絲認出，要求來一張合照呢？

　　姜C首先開口了，他唱反調的說：「我這種天生的 idol，命中注定要成為大明星

的啦！」

簡愛明白一點頭說：「所以，不用預你一份囉。」

姜C即時改口，笑口噬噬地說：「雖然我是上天的寵兒，但我這個大明星的願望，就是進一步成為國際巨星，在銀河系中閃閃發亮，連外星人也能看見！」

胖嘟嘟的方圓圓舐一下舌頭，倒也坦白的說：「我最愛跳芭蕾舞，想當上舞蹈明星！」

方圓圓大方說出了自己的志願，同學們的心情更雀躍了，一下子大家都訴出心聲。有同學說：我想當明星補習導師、我

想當歌星、我想當明星律師⋯⋯大家說得不亦樂乎。

輪到運動健將曾威峯發言，他問簡愛：「我想當上足球明星，終極願望是代表國家踢世界盃，這也可以的嗎？」

簡愛回答：「當然可以啊！」

孔龍也想做大明星，他一向覺得體魄強健、肌肉結實的自己，渾身散發着英雄氣息，好應該是下一代武打巨星。簡愛賣的這個關子令他心癢難熬，他問：「你問大家誰想做大明星，到底是怎樣一回事啊？」

英文名是 KOL，身為網上 Youtube 主

播的簡愛，終於解答了大家的疑問：「因為，我準備拍一段十五分鐘的影片，主題是『我的同學都是大明星』，希望大家可以施展渾身解數，展露你們各自的明星特質。然後，我會把片子發送給各大

電視台和廣告公司，讓他們從中揀蟀，
說不定會選中誰拍戲或拍廣告，從此踏上
星途，平步青雲⋯⋯所以我才會問，誰想
做大明星？」

　　明白了簡愛的想法，同學們更心動了。

當然，也有些同學沒半點興趣，譬如高智商的黃予思、對演藝星途毫無興趣的胡凱兒和夏桑菊等人，聽完都一笑置之，繼續溫習下一課的英文科測驗了。

簡愛微笑說：「我會在星期五的午息時間正式進行『我的同學都是大明星』直播。在此之前先要進行遴選。為了公平起見，就由大家一人一票投選出最後五強吧！最後，選出的五位表演者，每人都有三分鐘的表演時間⋯⋯大家要緊記啦，明日燦爛星途，把握在你自己手上啊！」

大夥兒興奮得摩拳擦掌，幻想自己順利地攀上了紅地毯，在鎂光燈下擺漂

亮的甫士，成為人人艷羨的大明星哩！

　　雖然，夏桑菊沒打算參與這場「明日之星選拔賽」，但不代表他可以不受影響。

　　不說別的，自從簡愛廣發「英雄帖」以後，想當明星的男女生都在秘密練兵，希望表演一鳴驚人，順利躋身五強之列。

　　時間緊迫，距離初選的日子只有三天，大家都希望爭取一分一秒鍛煉，課室也就變了眾人的練武之地。方圓圓在黑板前練芭蕾舞步、曾威峯準備表演他最擅長的控球不落地。另外，也有同學表演劍球、表演一人分飾兩角的話劇、表演魔術、表演

同一時間拋耍三個小球……鄰班的學生路過小三戊班課室門口，驚見裏面人人在玩雜耍，還以為去了馬戲團。

所以，每逢課前和小息的空檔，夏桑菊在課室內總要左閃右避，避得過左邊那個拋上拋落的劍球，又要避開右邊在練獅吼功的叮蟹，然後，他一不小心便栽進踮高腳尖在練舞的方圓圓懷內了……

午飯時間，夏桑菊、胡凱兒、姜C和黃予思四位好友在課室內用膳。這已是第三天看見姜C敷着美白面膜，夏桑菊真的受夠了。

他苦口婆心勸告這位朋友：「BB，你

就別要**好高騖遠**，整天發明星夢啊！」

臉上貼着一塊奶白色面膜的姜 C，好像一頭白面鬼，他透過面膜上那個嘴巴的小洞說：「做人沒有夢想，跟一條**烤魷魚**又有何分別呢？」

夏桑菊更正了姜 C 的想法：「但是，夢想和妄想總有分別吧！夢想總會有夢醒的一天，醒來了刷個牙便可開始新生活！**妄想**卻會令你精神失

常，要送院治療的啊！」

　　姜C用飲管喝着一排益力多的第四枝，這也是他第三天喝益力多當做午餐了。一方面由於他要積極減肥備戰，另外就是那個面膜的嘴巴小洞實在太細小了，根本吃不下東西，只能喝流質飲品呢！

　　姜C好像對好友的勸告聽不入耳，嘟着小嘴說：「我是小學生聽不明白啊，你的話可以顯淺一點嗎？」

　　夏桑菊咬着胡凱兒父母親開的麵包店的長芝士包，對這個笨蛋真沒好氣。

　　黃予思見姜C一臉氣鼓

鼓，她代替夏桑菊回答：「你有留意到嗎？KOL 一早便説明了『説不定會選中誰……』。説不定的意思，就是**聽天由命**吧。就像儲滿了十個印花，填好了表格再郵寄去某公司就有機會得到巨獎，但誰又會真的得到回覆，成為萬中無一的幸運兒呢？」

胡凱兒聽到黃予思的話，她也有感而發，**一唱一和**的説：「對啊，我也試過滿懷希望的寄出信件或電郵，參加甚麼幸運大抽獎，大至抽平板電腦，小至抽一個 A4 文件夾，最後只會**石沉大海**，才想到是騙人的多。所以，我現在也學乖

了，只會考慮不必經過抽獎便可得到的獎品，那會開心得多了。」

黃予思一笑：「真巧，我也一樣啊。」兩個女生彷彿心有靈犀，將手中在喝的飲料一同舉起，以示慶賀。

白面鬼⋯⋯不，姜C滿頭也是問號，他問：「甚麼叫『不必經過抽獎便可得到的獎品』啊？」

夏桑菊這方面的經驗可豐富了，他甚至可代替兩女

生回答：「如像你在便利店或超市見到的，買三罐汽水送一個紀念杯；或買滿二十元薯片送一個口罩套；或隨雜誌附送的傘子；那就是『不必經過抽獎便可得到的獎品』了，即買即拿，夠實際了吧！」

　　胡凱兒笑着補充一句：「只不過，我總會小心翼翼問清楚店員還有沒有存貨，確定未售罄才會購買。」

　　夏桑菊點頭稱是：「對啊，這個也很重要！」

　　姜C搖頭慘叫：「我前世到底做了甚麼壞事？為甚麼我的朋友都是貪小便宜的笨蛋！」

打入五強的挑戰者

到了星期四的午息時間，選戰正式開始了。參與的同學們都在積極備戰，三戊課室內即將展開一場**腥風血雨**！

而夏桑菊、黃予思和胡凱兒等人，由於害怕課室一片混亂，本來也積極「避戰」，正準備走到食物部旁的露天食堂用膳，沒想到姜C卻撒嬌了，嚷着要大家看他「**精彩絕倫**」的表演。眾人為了支持這位天生的 idol，只好**乖乖就範**，

留在課室內一邊吃着飯盒，一邊欣賞表演。

眾同學逐一演出，絕大部份在三分鐘內交出了精彩表演，可見苦練的成果。但也有學生表演得不如理想，這也包括清唱歌劇 *The Phantom of the Opera*（《歌聲魅影》主題曲）的叮蟹，他的聲音從第一句就開始走音了，也無法飆出接下來的高音，變得好像一隻喉嚨痛的海豚！不止叮蟹扯盡喉嚨而辛苦得兩眼翻白，大家也聽得快要口吐白沫。

最可惜的是方圓圓，她表演芭蕾的舞姿依舊優美，但礙於黑板前的表演空間實在非常有限，伸腿會撞到牆壁，揚起手又

怕打量坐最前行的同學，大大限制了她的
發揮，因而顯得有點悶悶不樂。

　　到了姜C大顯身手了，他走到黑板前，
對大家説：「今次我要為大家表演的項目，
叫做『倒轉地球！』」

　　然後，姜C忽然在黑板前做了一個倒
立的動作，變成兩腳朝天。他伸長手
臂，用兩隻掌心支撐着地，看着全班同學
大叫大嚷：「嘩！實在太恐怖了！你們怎
麼都倒轉了，全部掛在天上去？嘩嘩嘩，
天花板上的掛扇都在地上！地球好危險
哦！耶！」

　　一邊吃飯一邊看着演出的夏桑菊、胡

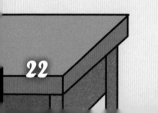
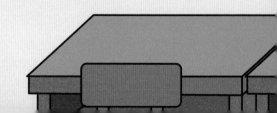

22

凱兒和黃予思幾乎噴飯！看見倒立着，讓自己腦袋充血滿臉漲紅的姜C，他這個表演真的爛透了啊！

當大家各自完成了表演，就到了投票時間。最後，在課室在座各人一人一票的**公平選舉**下，得票最高的五強順利誕生了。他們順序是女班長蔣秋彥、曾威峯、孔龍、小櫻妹妹和以一票之差險勝排第五的方圓圓。眼淺的方圓圓開心得幾乎又要哭了。

排名第二十四而落敗的叮蟹，握緊拳頭、**青筋暴現**、失望地喊：「為甚麼上天對我那麼不公平！為甚麼

沒有人欣賞我精湛而絲絲入扣的歌藝？為何我的人生要面對這麼多的不公平呢？」

這一次，就連姜C都落敗了，他傷心得躲到課室後面的壁布板前，背向大家面壁思己過。老實說，他表演也太慘不忍睹了啦。為了表示支持，夏桑菊、胡凱兒和黃予思也勉為其難投了他一票，甚至乎，連姜C自己也老實不客氣的給自己投下神聖的一票了，但票數仍未足夠打入五強，排名第十三，所謂十三不祥，他也輸得太不祥了吧！

夏桑菊個人認為，姜C應該表演敷面膜扮白面鬼，也許會得到更熱烈的反應呢！

簡愛見五強順利誕生了，她摩拳擦掌興奮地說：「好了！恭喜五位勝出者！我們都等着你們精彩的表演啦！」

　　雖然，眾多同學落選，免不了感到失望，但大家也替五位勝出的同學拍掌鼓勵，呈現出寶貴的體育精神。

　　本來，表演看似落實下來，沒想到會出亂子。

　　到了星期五早上的上課前，簡愛替五人作最後的綵排，沒想到的是，昨天表現極佳的曾威峯卻失準了，本來可以連續控球不落地三分鐘，應付得揮灑自如的他，沒想到半分鐘便已落地。再試一下，

這次更慘，用兩邊膝蓋輪流控了幾下，足球就掉到地上了。

　　對自己要求甚高的曾威峯，自怨自艾的說：「我今天患上感冒，集中不了精神。」

　　到了方圓圓綵排，平時以單腳腳尖着地，連轉幾圈也面不改容的她，這天一踮起腳尖，臉上卻流露了痛楚的表情，轉了兩圈已不得不停下，她氣急敗壞地說：「我好

像扭傷了腳踝，一發力便痛得很。」

曾威峯見方圓圓也是**一臉愁容**，他向簡愛建議説：「既然我們的狀態也欠佳，不如改天再表演吧！」

簡愛聽到曾威峯的話，馬上就發脾氣了，猛皺着眉尖聲地説：「我已經跟所有網友們預告在下午一時有十五分鐘的直播，不能説改便改！難道你就不可以振作點嗎？怎會連一點點挫折也受不了啊？」

簡愛**呼呼喝喝**的態度，讓自負的曾威峯深感不快，他不開心地説：「算了，我做不到你的要求，我決定**辭演**！」

簡愛瞪大雙眼看着曾威峯，對他這個

突如其來的決定，感到難以置信。

　　方圓圓聽到曾威峯要退出參演，受傷
患困擾的她也心慌起來，提出了請辭：「我
恐怕也做不到現場表演，我也要退出，很

對不起啦。」

方圓圓和蔣秋彥是好朋友，方圓圓的退出，令蔣秋彥決定共同進退，毅然提出了辭演的要求。

剩下的兩位表演者孔龍和小櫻妹妹也不好過，三人相繼辭演，令剩下來的兩人感受到巨大的壓力，午息的表演又已逼在眉睫，他們也決定不演出了。

課室內的同學們都大嘆可惜，雖然，這次表演的機會不屬於自己，但他們也期待看到參演同學的精彩演出，沒想到事情卻忽然告吹了。

思考能力最清晰的高材生呂優，

眼看着一臉不知所措的簡愛，忍不住開口建議：「其實，你也可以考慮**事先錄影**，然後剪輯成十五分鐘的片段，在下午一時準時播放的啊。」

　　方圓圓聽到呂優聰明的建議，她又燃起了希望：「對啊，我們可以現在便錄影，就算表演不好或失手了，只要剪走那一段，選取表演成功的一段不就好了嗎？」

　　二人的提議，得

到了同學們一致的讚賞，再看看簡愛，卻發現她正滿臉苦惱地搖頭，似有甚麼難言之隱，無法向大家直言。

十分鐘後，當夏桑菊、黃予思、姜C和胡凱兒走到食物部吃早餐，當大家**興高采烈**談着要不要參加即將舉行的學校陸運會，簡愛卻慢慢走向他們，站定在眾人的餐桌前，向黃予思謙虛求教：「乳豬，我在今天下午一時必須準時進行網上直播，請你替我想想辦法好嗎？」

黃予思一向對這位老是表現得**花枝招展**、製造不少麻煩的同班同學並無好

感，她斷然拒絕：「我沒興趣幫忙，你還是自己想辦法吧。」

簡愛的神情失望極了。

夏桑菊從小便認識乳豬了，深知她一向**愛惡分明**。見她的態度異常強硬，心想是談不攏了。但他卻察覺到永遠是**風頭躉**的簡愛，一改囂張又瞧不起別人的態度，此刻更沒有平日的**趾高氣揚**，整個人頹喪不已，看來是真的遇上困境，才會向人求救。

夏桑菊決定幫忙說客，對黃予思說：「乳豬，你每次都替三戊班解決了難題，今次也

請幫大家一把吧!」

　　黃予思橫了夏桑菊一眼,用眼神責怪他的**愚笨**:「那不是三戊班的問題,對吧?」

　　夏桑菊**恍然大悟**,即時出不了聲。他驚訝於乳豬的心思清明,這也解釋了她為何不肯伸出援手了。就算各位表演者非常賣力,但這畢竟也不是三戊班「大家」的事,所有人都是為了簡愛一個人而做的。

　　乳豬大概對簡愛大鑼大鼓搞一個直播節目,弄到課室**滿城風雨**,一早看不過眼,才會拒絕插手。

　　一旁靜聽着的姜 C 也插話了,夏桑菊

心想他總算是個熱血男生。姜C一臉認真地說：「乳豬，你幫不幫簡愛也沒關係的啦，但我這個天生的idol，正等着敗者復活戰，讓我捲土重來，來一個鹹魚翻生，然後便可以鯉躍龍門！你要幫的其實是我啊！」

35

哎呀，原來夏桑菊誤會了，姜Ｃ只是「自肥」吧了。他決定收回「熱血」兩字⋯⋯唔，說不定連「男生」兩字也該一併收回呢。

胡凱兒來到群英小學已經幾個月，已不可算是新生了。她也跟夏桑菊這幾個同學混熟了，彼此變成好朋友，她總算也敢於發言了，幫一把口說：「乳豬，怎樣也好，大家也是同班同學，要是你幫得上忙，就請幫她一下啊。」

黃予思繞着雙手，聽到幾個朋友分別替簡愛求情。她抬頭看着像在罰站的簡愛，向她說了一個

條件：「不如這樣吧，你先告訴我們，為何必須做這個直播節目的原因？我會重新考慮要不要幫忙，如何？」

簡愛輕輕咬着下唇，心知黃予思這個要求也是合情合理，她鼓起勇氣的說：「好吧，我告訴你們，我必須做這一次直播的原因……但這是一個很長的故事，我可以坐下來，慢慢從頭細說嗎？」

然後，簡愛拉了一張椅子，在四人面前，有氣無力地跌坐了下來。

「由小到大，我出生在一個沒有男人的世界……」

第**3**章

女兒的神奇媽媽

　　由小到大，簡愛出生在一個沒有男人的世界。

　　媽媽早在兩姐妹就讀幼稚園的時候，跟父親離婚了。然後，一個女人帶着年幼的兩女開展了新生活，更大膽地創業，開設了一家女裝出口成衣公司。她在商場上**獨具慧眼**，令公司急速發展。她一個女人管理着十八人的全女班員工。公司內唯一的兼職男員工，就是負責影印、給其

他公司送速遞、修理電腦、搬蒸餾水樽、
洗廁所等粗重雜務⋯⋯男人似無立足之地。

因此，簡愛在母親**耳濡目染**之下，成為一個自尊心強大和好勝心重的女生，總覺得男孩子可以做到的，女孩子一樣也能做到，甚至做得更好。

姐姐簡佈，比簡愛大一歲，性格

爽朗得像個小男孩。簡佈怕麻煩不愛束長髮，多年來也是一頭短髮，更從不愛打扮，愛好所有會流汗的運動，所以也得了一身古銅色的肌膚。跟時刻也打扮得**漂漂亮亮**、最怕曬太陽、不愛上運動堂的簡愛，本來就是**截然不同**的兩種人。

雖然兩姐妹看似風馬牛不相及，但媽媽卻不這樣想，無論是哪一個上甚麼興趣班，另一個也會被媽媽安排相伴去上課。就譬如畫畫班吧，兩個人都畫一張圖畫，當然有一個畫得比較漂亮，另一個表現略遜，這時候，媽媽總會來一句：「姐姐，你應該向妹妹好好學習一下。」

下一次，在上了一課吹牧童笛課堂之後，媽媽會說：「妹妹，你不妨向姐姐請教一下運氣的方式，你總好像不夠氣奏完一曲啊！」

是的，就是這樣，兩姐妹不停被安排在一起**相提並論**。慢慢地，就算兩人並沒有不和，但因媽媽每事都在斤斤計較，她們不知不覺就將對

方當作了假想敵了。

　　小學二年級那年，簡愛眼見很多人也在 Youtube 做網上節目；有人分享自己的生活見聞、有人播放買到心儀物品後的「開箱」過程；有人甚至會一邊打電玩一邊不作剪接的進行網上直播，讓網友們得知如何順利過關……內容包羅萬有。

　　簡愛力量很小，但心中卻有個很大的志願。除了想做一個成功的 Youtuber，她更希望成為一個 KOL（Key Opinion Leader 簡譯），意即特別有影響力的意見領袖。透過在 Youtube 所發表的言論，能夠深遠影響到很多追隨者的決定。

　　她甚至把自己的英文名改為 KOL，為的就是要時刻提醒自己，必須堅守信念。

　　回憶起初心，她為何矢志做這件事？原因其實很簡單，舉一個例子可説明：

　　簡愛在某茶飲店喝了一杯前所未有地好喝的珍珠奶茶，她想在 Youtube 內告訴大家這家店的珍珠奶茶是非試不可的啊，那麼追看她頻道的網友都會走去一試為快，並興奮地回應説那杯珍珠奶茶真是好喝極了！太感謝簡愛的熱情推介哦！

　　是的，性格自負的簡愛，就是喜愛那種得到大夥兒認同的優越感。

　　但首先，她知道，就算她把將來講得

多麼理想，但一天不去真正實踐，任何的想法都是一堆空想而已。

要是媽媽教曉了她甚麼**最重要**的事，也許就是這一件吧！媽媽告訴過她，她在欠缺人力物力之下，也鐵了心要創業。

假如她當年只是「想想而已」或「讓我

再慢慢考慮一下是否可行吧」，也許最終
會退縮，現在應該就不會擁有一家發展得
尚算不錯的公司了。

　　媽媽給了她一個無形鼓勵：自己的將來，
會因一念而改變的啊！千萬別看輕一
鼓作氣所帶來的巨大力量！

　　所以，由零開始的，簡愛努力構思起
自己的節目來。她參考了很多人的做法，
然後又看了一大堆「如何成為一個成功的
網紅」之類的教學指南。

不習慣面對鏡頭的她，每天也預備一份講稿，把手機鏡頭對準自己，按下了錄影鍵，錄下自己的表現。然後將發現了的問題，像**備忘錄**般逐點寫下來：

1）你說話太快聲線也太尖了，要調校一下。

2）你低下頭讀稿的時間太長，觀眾一直見不到你漂亮的臉，不是太可惜了嗎？嘗試多背熟講稿，抬起頭來啊！

3）你的話題太冗長，一個話題講足四十分鐘，觀眾都睡着了！把時間縮短一半！

4）你每句說話也夾雜了大量「嗯」、「唔」、「嘅」等，給別人感覺到你的說話並不確定，請盡量刪除無謂的辭詞。

5）打補光燈的燈光要淺一度，燈光之下，不錯令你看起來精神點，但你的黑眼圈也更明顯了！

還有 6、7、8……她一直數落自己，然後一一改善，用上整整三個月時間反覆又反覆的練習。最後，她在每個缺點之後打上了一個大大的交叉，逐點擊破，總算也是自學成功了。

　　另外，由於她年紀小小，有可能給別人不切實際或小朋友在玩玩的印象，觀看的觀眾也頗有限制。怎樣才把這個劣勢扭轉成優勢呢？於是，她想到了把自己的目標觀眾群範圍收窄，專注去吸引就讀小學階段的學生，希望獲得同年齡層觀眾的共鳴。

　　一切準備就緒。簡愛開設

的頻道，正式名為「一個小學女生的生活日常」，內容分享一些教小學女生穿搭衣服、DIY 小首飾，也有一些日常生活的趣事、開箱實驗等等的影片。

「一個小學女生的生活日常」，既有現場實時的直播，也有經過剪輯才推出的節目。節目時間長度在十分鐘至半小時之間，由拍攝以至剪輯，以及所有後期工作，全部由她一手包辦。

開台大半年，簡愛已有了一群固定的觀眾，受到不少小學女生追看，累積至今已有超過四千粉絲訂閱了。

每次播出新的集數，也有幾百個觀眾

觀看。雖然，跟動輒有十萬八萬觀眾的網絡紅人相比，固然是微不足道的數字，但簡愛對自己暫時的成績，仍是有着一份小滿足。

此外，更重要的是，這不是由媽媽選定給她和姐姐的課外活動，完全是她自主和喜愛的，她覺得自己跟**活潑好動**的姐姐，正走向兩條不同的路線，這件事也沒有比較可言，她的心情輕鬆下來了。

直至一個月前，簡愛意料不到的事發生了……

第4章
姐妹的恩怨

　　一個月前，姐姐簡佈在無聲無息之下，忽然開設了自己的 Youtube 頻道「誰說小學女生不可健美」。

　　教簡愛更不是滋味的是，姐姐只用了短短一個月時間，訂閱頻道的人數已超越三千人，在短短的時間內，觀眾數字已直追到辛苦營運了大半年的簡愛！

　　一個早上，媽媽和兩姐妹坐在客廳內吃早餐時，媽媽忽然喜滋滋地説：「你

們兩人也開了 Youtube 頻道嗎？我公司的
職員偶然發現了，問她倆是不是我女兒，
我這才知道了呢。你倆為甚麼沒通知我，
讓我好好去欣賞一下？」

簡佈和簡愛也在低頭吃着麥片，聽到媽媽的話頓覺無趣。姐姐對此事不欲多談，用一句話輕輕帶過：「沒甚麼，只是玩玩吧了。」

簡愛見姐姐這樣説，她也不説話了。兩姐妹恍如踩到地雷，不約而同的避談這個話題，希望馬上停下來。

然而，媽媽繼續説了下去：「你倆也表現得很好啊！尤其是姐姐，對健身的資料搜集做得特別好。小愛，你要跟姐姐好好學習啊！」

簡愛對姐姐開了 Youtube 頻道這回事，一早不是味兒，但由於兩人不談此事，

也就各有各做。可是，給媽媽挑起了事端，簡愛本來已夠納悶的心情，即時火上加油。

她終於忍不住說：「媽媽，不如你先問一下姐姐，誰在向誰學習吧？」

簡佈手握着的湯匙凝在半空，她抬起眼的看坐在餐桌對面的妹妹說：「小愛，我不知道你在說甚麼。」

簡愛憋在心內良久的鬱悶，終於一下子爆發了：「誰會比起你更心知肚明啊？你見我做了 Youtuber，馬上就要跟風，還要將我的內容複製一次，不是該好好地感謝我嗎？」

簡佈猛皺着眉，反唇相譏：「甚

麼叫跟風？難道你做網上主持在先，我就永遠不能上網了嗎？那麼，我現在會開始上跳爵士舞課，準備在 Youtube 節目裏跳舞，你以後也別學舞了！」

媽媽萬萬料不到幾句輕鬆的閒談，居然引發了兩姐妹罵戰，她連忙居中調停：「當中一定有甚麼誤會吧？你們不可以好好談一下嗎？」

簡愛把只吃了幾口麥片的湯碗和喝了半杯橙汁的杯子從桌上收起了，一臉不悅地說：「不談了，我要趕着回校！」

那天，簡愛在學校裏氣悶了老半天，愈想愈是深深不忿，總覺得姐姐偷走

了她的東西。

　　放學回到家中，她向姐姐下戰書。

　　「既然我們都不喜歡對方做Youtuber，不如就來鬥一場，看看我倆到底誰比較受歡迎吧！」

姐姐該也在生氣，爽快應戰：「好啊，我奉陪！怎樣個鬥法？」

　　簡愛說不如做一場網上直播，以觀看的觀眾人數作為勝負準則。兩人共同擬定了直播的時間，直播的內容則沒有任何限制，只要各出奇謀吸引到觀眾就好。

　　決定迎戰的姐姐提出一個問題：「既然你前來挑戰，就得付出代價。輸掉了的哪人，總該有適當的懲罰吧？」

簡愛可沒考慮過這個問題，但既然是她主動提出要鬥一場，就不可退縮了，她說：「沒問題啊，輸者就是該受罰吧，你來決定罰則！」

姐姐盯她一眼的說：「既然如此，輸掉的那人，以後不要做 Youtuber 就好了！」

簡愛給嚇一跳，但這時候去討價還價也太丟臉了，她只好硬着頭皮說：「好啊！我也同意，在我們兩人之中，最好有一個放棄做 Youtuber ！」

於是，這場關乎生死的賽事便開始了！

第5章
全民的表演

在小食部內，簡愛向黃予思等四人說出必須在今天按時做直播的原因：

「自從跟姐姐決定要來一場比賽，我**挖盡心思**，希望交出最好的節目，跟她**一決勝負**。沒想到的是，我幾天前無意中聽到姐姐跟朋友談電話，發覺她準備拍一段《我的朋友都是民間高手》的直播。我必須承認，那真是一個聰明的好點子的吧？我要一個人以寡敵眾，恐怕不是

易事。」

簡愛嘆了口氣，困惑地說：「所以，我急急改了想法，也想拍一段《我的同學都是大明星》的片子，只為了跟我姐姐去較勁……是的，我做這場直播的真正目的，

YouTake

一個小學女生的生活日常

一個小學女生的生活日常

3424 位訂閱者

加入　訂閱

YouTake

誰說小學女生不可健美

誰說小學女生不可健美

3023 位訂閱者

加入　訂閱

誰說小學女生
不可健美

只為了擊敗我姐姐！」

在一旁聽着簡愛說明的胡凱兒、夏桑菊和姜C，皆聽得目瞪口呆。夏桑菊大為震驚地問：「那麼，你說會把片子發送給各大電視台和廣告公司，讓他們選誰去拍戲或拍廣告，從此踏上星途，平步青雲那些事呢？」

簡愛一臉慚愧，但道明了真話：「我只是說說吧了，但求吸引大家多參與。」

夏桑菊替辛苦練習的同學們不值，不滿地直斥其非：「原來，你只是把大家當作免費宣傳的工具？大家恐怕都要大失所望了吧！」

姜C爆出金句：「我沒有一點失望，我是直接地絕望了呢！」

簡愛垂下了眼，平日的高傲和瞧不起人的態度蕩然無存，羞愧得無話可說。

黃予思這時候開口了，她直視着簡愛，出乎所有人意料的答覆：「沒問題，我會替你好好想辦法。」

夏桑菊怪叫起來：「乳豬，你想清楚了嗎？」

黃予思當然想清楚了。當她知道了事情的來龍去脈，倒有幾分同情起簡愛來了。

雖然，身為家中獨女，

62

乳豬並沒有爭寵的需要。但她眼見耳聞過很多兄弟姊妹之間的不和，讓她知道這些事每天都在發生。

還有的是，跟她很談得來的新朋友胡凱兒，也向她訴說過父母偏袒弟弟的事，讓黃予思覺得自己很幸運，也深深覺得自己必須憐憫別人的不幸。

所以，她決定支援被姐姐後來居上、或說被欺壓的簡愛。

簡愛驚異地抬起了雙眼，難以置信地看着黃予思：「你知道了我真正的目的，仍願意幫我一把嗎？我滿以為，你會討厭我利用了眾人。」

黃予思卻搖了搖頭，扼要説明：「我要知道你的真正目的，是為了要衡量一下自己到底能否幫到你，而不是要找一個機會批判你的對錯啊。要是你為了把誰捧成大明星，

我也真的恕難做到了。可是，要提升你的直播瀏覽量，我倒可**放膽一試**。」

簡愛**萬分感觸**的看着黃予思。也許，她知道自己做錯了，害怕別人白眼，才會支吾以對。但黃予思卻沒有大做文章，只想知道自己能否幫得上忙吧了。

簡愛覺得這個女生不單止聰明，還有一份對別人感同身受的窩心。

黃予思續説了下去：「況且，我也不認為有需要把片子發送給各大電視台和廣告公司。這是個不會**懷才不遇**的年代，當一段網上片段受歡迎和追捧，自然會吸引星探前來叩門，發掘誰去拍戲或拍廣告吧！」

簡愛呆呆地點一下頭，就連夏桑菊和胡凱兒想想也有道理，不得不贊同乳豬很明白這個世界的運作。真的啊，只要願意表現自己，這是個不會**懷才不遇**的年代。

　　姜C知道即將有星探前來找他，狂妄大叫：「我距離成為宇宙巨星，又再邁進一大步啦！」

　　夏桑菊忍不住要提醒這位冒失的朋友：「BB，這次的表演，你可沒有份兒啊！」

　　黃予思卻搖一下頭：「不啊，姜C也要參與演出。」

　　夏桑菊差點把手中的熱維他奶玻璃瓶也握碎，他氣炸地説：「這到底是甚麼鬼

表演啊？」

　　黃予思恍似**胸有成竹**的説：「我已想到了一場特別的表演，該會吸納更多觀眾。」

　　　　　　　　夏桑菊合十着雙手，用沉重的聲音宣佈：「一位近代畫家説過：『每個人都有 15 分鐘的時間**成名！**』大概應該就是這個意思吧！」

姜C更正：「我這種天生的 idol，應該得到 VIP 級的待遇，有 30 分鐘吧！」

返回課室後，簡愛向大家正式公佈全新的表演事項：

「各位同學，在午息時分舉行的表演，現在正式改為開放形式，誰也可加入表演。為了讓所有同學都有表演機會，在十五分鐘的直播時段裏，每人最多可表演一分鐘，並會在同一時間進行兩項表演。所以，請大家作好準備，盡情發揮所長！」

三戊班本來已落選的一眾同學，忽然聽到這個全民共樂的好消息，一下子群情洶湧！

　　就連剛才對表現不好而耿耿於懷的曾威峯，眼見很多人加入，他頓覺沉重的心理壓力全消，試着問簡愛：「短短的一分鐘，我想自己應付得來，我也可以來試一下嗎？」

　　簡愛笑咪咪的説：「歡迎你歸隊啊！」

　　曾威峯見簡愛的態度不再兇惡無理，他也善意一笑：「好的，就算我今天抱恙，仍會交出自己最好的表現！」

　　方圓圓和蔣秋彥互望一眼，恍如有心靈感應般，兩人異口同聲地喊：「我倆也要表演！」

　　一下子，課室內人人也很熱血。得知

可如常表演的孔龍，興奮得向半空揮出兩記直拳，**活力充沛**地説：「我實在太高興了！要是誰阻礙我表演，我會向他飽以老拳！」

　　孔龍的好友呂優又要提醒他了：「恐龍，你不可以甚麼也訴諸於暴力的啊！」

　　不打算表演的夏桑菊，也被大家對表演的熱情感動了，他主動地說：「雖然，我不打算表演，但我很樂意幫大家維持秩序，阻止其他班級的學生在直播時喧鬧！」

　　姜C仍在自我陶醉中：「小菊，你要準備大量鐵馬，再聘請六名大漢，才可阻擋湧向我的瘋狂粉絲啊！」

　　眾人笑了起來，異口同聲地揶揄：「小心！宇宙巨星要出場囉！」

　　姜C照單全收，向大家比了一個心心的手勢：「多謝大家橫跨全宇宙的愛戴！Thank you U！」

　　方圓圓高興得快要昏倒了！

第6章
十五分鐘的神奇表演

好不容易才等到了午息時間，令三戊班一眾同學也**屏息靜氣**的表演，即將開始！

為了令大家有更多的表演空間，各同學合力搬動了課室內的書桌和椅子，將三十張桌椅和教師桌像砌俄羅斯方塊般密切堆貼到一起，騰出了很多空位。本來只有黑板前的狹窄表演台，搖身便變成了佔上半個課室的**寬闊舞台**了。

簡愛帶備了固定手機的拍攝腳架，架上附有一個圓形光管的大補光燈設備，大家看得**嘖嘖稱奇**，對網上直播這回事加深了解，也增長了知識。

　　自動請纓替大家維持秩序的夏桑菊，站定在三戊班的門口，阻擋任何人出入，也防止有任何突發事發生。胡凱兒也加入幫忙，一人站一邊門口，恍如一對**威武**的門神。

　　到了指定的下午一時，直播正式開始了。

　　打頭陣的是孔龍和曾威峯，兩人各站在黑板前的左右兩邊，分別表演自己最擅

長的絕學。

聽説，孔龍本來想學他的偶像李小龍，帥帥的耍一套雙節棍，但由於他練習的時候，一直用雙節棍打到自己的臉，為免在正式表演時變了「豬頭棒喝」，他只好臨時變陣，變成耍一套截拳道。

但縱使赤手空拳，他揮出的每一拳每一腳也很有勁道，整個人虎虎生威。大家才發現孔龍這可惡的「班霸」也有嚴肅認真的一面，還真有幾分一代宗師的氣魄呢！

而另一面的曾威峯也表現得威風凜凜，他努力克服着感冒帶來的困擾，分別

用腳面、膝蓋和頭頂控球，讓一個足球全程不落地，可謂**神乎其技**。他的精湛球技，讓課室中的眾同學替他不斷歡呼，氣氛很**熾熱**。

快到一分鐘的時候，簡愛無聲地向兩人伸出了五隻手指倒數，當她的手變回拳頭狀，孔龍和曾威峯也剛好完成表演，向鏡頭前的觀眾們**鞠躬敬禮**，然後喜孜孜地退場。

而第二組表演者緊接着出場，分別是蔣秋彥和方圓圓，兩位好朋友首度合體。

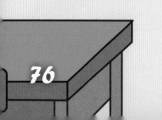
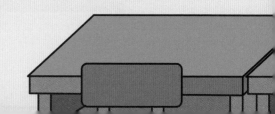

蔣秋彥深深吸口氣，就用修長的十指彈奏出《天空之城》，而方圓圓則隨着淒美的音樂而翩翩起舞，所有同學都被兩人的專注和投入迷倒了，剛才掌聲震天

的課室變得**鴉雀無聲**，各人都在靜靜享受着這珍貴的一分鐘表演。

認真地進行錄影的簡愛，心情其實非常激動。因為，她心知在另一邊，姐姐也在進行着直播節目，這是一場不是你死就是我亡的賽事。

要是觀眾人數比不上姐姐，這該就是她最後一次的網上直播了吧。

一分鐘過去了，秋彥和圓圓退場，第三組的叮蟹和郭泡沫走出來了。叮蟹又開始獻唱他的歌劇，上次的清唱不成功，他今次決定要變本加厲，演唱難度更高的《悲

慘世界》的 *One Day More*，只見他唱到第一段已唱不下去了，但性格狂野的他用雙手絞着自己的喉嚨，強行要強迫自己飆高音，大家看起來，叮蟹就像鬼上身要勒死自己！

跟叮蟹同場表演的郭泡沫，更加是首當其衝。本來準備吹出一個巨大的泡泡，再用雙手控制泡泡在半空升降上落的高難度表演。但一聽到叮蟹的鬼哭似的歌聲，吹着泡泡的郭泡沫給嗆到了，她不斷咳嗽，根本演不下去。

全班同學笑到猛飆眼淚，一直監督着拍攝的簡愛也忍不住笑到雙肩聳動，

她慶幸自己正使用腳架拍片。

要是她此刻拿着手機拍攝，大概

也會像手搖珍珠奶茶般，震動得

像六級地震吧！

　　瘋狂的表演**一浪接一浪**，終於到

了萬眾期待的宇宙巨星姜C出場了！

　　大家滿以為他又要反轉自己唱《倒轉

地球》，正要用雙手掩眼不忍直視，沒想

到最驚人的事情發生了！

第7章
最後的勝利者

太驚人了！

當全班同學也滿以為姜C會表演倒立，卻沒想到姜C敷着一塊面膜出場，又不知從哪裏找來了一塊滑板，在黑板前由左邊向右邊的滑動，又再由右邊滑回左邊，再加上他兩手伸直作殭屍狀，讓他在鏡頭前面看起來就像一頭飄移的白面鬼！

大家張大了嘴巴，意料不及的捧腹大笑，有個女生笑到彎起腰站不起來，氣氛

炒熱至新高!

站在門前的夏桑菊卻生氣得兩管鼻孔在噴火:「**抄襲!抄襲!**明明就是我想到這個白面鬼表演在先啊!為甚麼BB卻奪走了我所有功勞?」

簡愛一直進行直播,她留意到右下角實時報告的觀眾人數,只見觀看的數目,由一開始曾威峯和蔣秋彥表演時的二百多人,到了叮蟹和姜C的瘋狂演出,觀看直播的觀眾人數便不斷**攀升**,在短短兩三分鐘內,已直線跳升到五百多人!

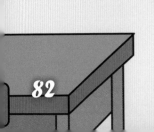

她看看直播片
一旁的留言，大家
這樣的寫：

笑出眼淚來！我已轉發給朋友觀看了，萬勿錯過！

👍 12　👎　　回覆

很久沒看過如此狂野的演出了，你的同學真的豁出去了！每一個都是明日之星！

👍 28　👎　　回覆

我笑到哮喘發作，差點斷了氣，感覺自己好像來回地獄又折返，必須轉發給所有朋友們，讓大家一同看這一群小三學生的真情演出！

👍 42　👎　　回覆

到了這一刻，簡愛才終於見識到黃予思的厲害。只因這個直播的方法，正是她出的主意。

剛才在小食部，黃予思給

了簡愛一個想也沒想過的想法：

「雖然，我不太熟悉網上直播的事，但慶幸我也是個會上網的觀眾，相信也明白『用家』的心態。所以，我會嘗試用網民的角度，去分析如何提升你的直播瀏覽量。」

簡愛專心聆聽，就好像老師即將透露考試題目似的，不敢錯過一字一句。

「上網的朋友喜歡看到預期之內的東西，從而又發掘到預期以外的驚喜。所以，該怎樣在正常不過的表演之中，加上奇妙的元素呢？網民的普遍想法是，看到了一段非常有趣的直播，總想第一時間轉

發給朋友，希望跟友好一起分享吧！」

　　簡愛聽得連連點頭，她大概也明白乳豬話裏的意思，試着説：「所以，我要增加觀眾的人數，不只是**墨守成規**，守着現在的一群觀眾，更要借助那群觀眾的口耳相傳，帶動全新的觀眾群加入。」

黃予思點點頭：「既然，一次正常的直播節目，只會有正常的觀眾人數欣賞。你可嘗試突破的，就是博取那些『朋友誠意推介給他們的朋友』的意外收穫，也就是沒預約的 walk in 顧客吧。」

　　黃予思話裏的每一個字，簡愛也聽得懂，但此事知易行難，她不禁又苦惱起來。

　　「現在，距離午息的直播節目只有六課堂，時間太迫切了，我一下子怎會想到令人驚喜的內容呢？」

　　黃予思拿起喝到一半的熱維他奶，輕輕咬着飲管好好思考了半分鐘，彷彿想到

甚麼的微笑了。

「是的，時間太急，已不可能臨時炮製甚麼驚喜的新節目了，既然如此，給觀眾的**意外驚喜**，倒不如就是像 NG 鏡頭一樣的表演吧！」

「像 NG 鏡頭一樣的表演？」

「既然，三戊班的同學也想參與演出，他們當中有表演得很好的，也有表演得糟透了的，但既然**眾志成城**，何不給大家一個發表的機會？」

簡愛驚訝地說：「可是，觀眾看到那些可怕的表演，不會覺得太……唉啊，我開始明白你口中『像 NG 鏡頭一樣的表演』

是甚麼意思了！」

黃予思點頭微笑說：「在電影或電視劇裏，看完了劇中人精湛的演技，在結尾時釋出一兩段演員認真演戲時卻 NG 了的『蝦碌』鏡頭，觀眾們不是會看得特別開心嗎？況且，也別以為大家覺得那些出糗很胡鬧。大部份人也有同理心，會為了表演者所付出的真誠和勤奮而感動的，不是嗎？」

黃予思的話真是**情理兼備**，簡愛無話可說了。所以，事情就這樣落實下來了，她返回課室便公佈了所有同學也能參與表演的好消息。

本來，大家也覺得同一時間有兩個表演，會不會顯得混亂，想不到在簡愛的精心配搭下，不單沒有衝突，反而給人目不暇給之感。

　　雖然，在直播時，有些同學表現出乎意料地好，亦有些同學臨場失準，但可看出各人也竭盡全力去表演。當每一項表演完畢後，眾同學也會報以熱烈的掌聲鼓勵，讓一直專注於錄影的簡愛，看得又是笑又是感動。

　　到了最後一組表演者，分別是高材生呂優和小櫻妹妹。

　　只見站在左邊的呂優掌心捧着一個共

六面、三層立方也是顏色亂序的扭計骰，

他只用了十五秒鐘，以快如閃電的手法，

成功扭成六面也同一個顏色，完成後拋物

線的擲給鏡頭以外接應的恐龍。恐龍把另

一個色彩亂序的扭計骰擲給呂優，他又旋

風式的再扭好一個，比起第一個的完成速

度更快。最後，他在一分鐘內竟然扭好了

五個扭計骰！

　　另一邊廂，小櫻妹妹表演花式搖搖。只見她利用手上的一個小小的搖搖，炮製出各種花式。一開始她完全**應付自如**。可是，到了把搖搖在半空翻三圈的中難度動作「**雷霆萬鈞**」，搖搖的長繩卻不聽使喚的繞成了一團。

　　表演失敗，小櫻妹妹窘得臉紅耳赤又滿面氣餒，她看似馬上想逃離課室，不想面對失敗的事實。但各同學卻齊心地高喊，一同替她打氣：「不要緊，再來一次啊！下次就會成功！」

　　小櫻妹妹緊張一笑，但也**鼓起勇氣**重新嘗試。只見她深深吸口氣，將搖搖

向前拋出，手向後打一圈，再將搖搖於肩前位置收回，將此動作連續做三次。一圈、兩圈、三圈……在最後收回動作時，小櫻妹妹的手接緊搖搖，這次大成功！

　　隨後的「登陸月球」、「翻天覆地」等高難度招式，重拾自信的小櫻妹妹，表演得心應手。她在同學們歡呼吶喊下，順暢地完成了表演。

距離十五分鐘的直播，只剩下最後一分鐘了。所有人也表演完畢，作為主腦的簡愛走出黑板前，跟觀眾們作了一番結語。

　　眼見同學們全心全意的演出後，簡愛心裏泛起了一陣難掩的激動，她發自內心的說：

　　「各位觀眾，首先，我想感謝大家欣賞『一個小學女生的生活日常』頻道的特備直播節目『我的同學都是大明星』！

　　然後，我要由衷感謝我班內的一群專注演出的同學們。雖然，每一項表演總有人喜歡、有人不喜歡。有些成功，有些會失手，甚至少不免發生意外，但大家也看

到你們竭盡所能的才藝了！最重要的是，
這可不是反覆錄上一百次、總有一次會顯
得很完美的表演，而是**實時錄影**呢！
直播表演並不簡單，缺少一點點**勇氣**也
是無法做到的啊！

所以，在我心目中，你們每一個人都是大明星！請替你們自己用力地拍掌，感謝大家！我是真的——」

　　姜 C 見到聲音哽咽、說不下去的簡愛，他用雙手捲成聽筒狀，大聲地喊：「不要哭啊！要記得我們也愛你啊！」

　　聲線一度沙啞的簡愛，聽到姜 C 這句話便失笑了，幸好有這個豬隊友，才阻止了她差點失控的情緒。

　　簡愛輕輕擦一下眼角，向大家笑着說了一句話：「我也愛你們啊！」

　　姜 C 縮頭又縮頸，一副「不了」的神情，大驚失色說：「我只是開個玩笑

吧了，她為甚麼要向我公開示愛呢？」

這時，簡愛説出一個好消息，為這次表演留下最好的印記：

「最後，我要告訴大家一個好消息，在剛才的直播期間，我看見到觀眾們給了我們一眾表演者八百多元的打賞，我決定將錢全數捐去公益金做善事！所以，感謝大家的**樂善好施**！各位再見！」

然後，簡愛給大家拍掌鼓勵。同學們想到自己的努力並沒有白費，更意外地可以募到一筆善款幫助他人，頓時被感動了。課室內掌聲雷動，**歷久不散**。

　　完成了一次成功的直播，簡愛終於可大大地鬆口氣，到了這一刻，她才有空去看一看成績。

　　直播時的觀眾總數是 744 人。

　　她深深吸口氣，用抖顫的指頭打開了姐姐簡佈的 Youtube 頻道，一看她剛才直播的瀏覽數字，觀眾總數有 305 人。

　　簡愛整個人怔怔的，她贏出比賽了！

　　可是，滿以為會高興得跳起來的她，卻沒有感受到快樂。

　　是的，一絲快樂也沒有。

我的同學都是大明星

觀看次數：744次

一個小學女生的生活日常
3424 位訂閱者

訂閱

我的朋友都是民間高手

觀看次數：305次

誰說小學女生不可健美
3023位訂閱者

訂閱

第8章
言和的條件

直播比賽結束那天，簡愛回到家裏，姐姐敲了她的睡房門。

姐姐站在門前，臉上有掩不住的失落，對坐在書桌前做家課的簡愛説：「我的直播觀眾人數不及你的一半，所以，我會遵守承諾，從今開始停止做網上節目了。」

簡愛放下原子筆，轉過身跟姐姐認真地説：「我不認為有這個需要。」

「為甚麼？」

「因為，我留意到了，在你直播的時候出現網絡干擾，這就是你的觀眾人數未如理想的原因了。」

是的，沒有做過網上直播的朋友不會知道這些事。直播節目有個致命傷，也是最要命的地方——那就是當直

播節目做到一半，突然間出現網路故障。觀眾一見到畫面不暢通、起格或斷斷續續的，就會不耐煩的離開。

　　姐姐的直播節目，正好就是不幸地遇上了網絡問題。

　　放學回家途中，簡愛把姐姐的特備直播節目《我的朋友都是民間高手》看了一遍。姐姐配合主題的找來了幾個運動型的朋友，的確是民間高手。

　　有一個表演疊杯，雙手之靈活，好像用快鏡播出的一樣，那男生疊起十個膠杯子只要兩秒鐘，快得讓人咋舌。

　　還有另一個射飛鏢的也厲害，只見那

女生在黑板上畫了一個圓形的飛鏢靶，以粉筆當作飛鏢，相隔着五尺距離，每擲出一枝粉筆也正中紅心，真是**神乎其技**。

姐姐那個十五分鐘的直播節目，到了節目的一半，已有 1,040 人觀看，然而，到最後三分鐘之際，直播畫面忽然變成定鏡，出現了「網路緩慢，請容後再試」的字眼。

雖然，這個**遲滯**只有短短半分鐘而已，畫面隨後便回復正常順暢，可是，那

個觀看人數卻由 1,212 人，斷崖式的直跌至 241 人，到了直播完結，仍是只回升到 305 人。

　　姐姐當然也知道此事，但她老實地說：「無論如何，我倆不是說好了，以直播完結時的人數作準嗎？」

　　簡愛不同意，搖搖頭的說：「那就等於，一個努力讀書的學生，在考試的一天卻病倒了，身體不適大大影響了表現，最後交出了令自己大失所望的成績。難道那個成績又可作準嗎？」

　　簡佈反駁不了妹妹的話。

　　簡愛直視着姐姐，向她掀出一個微笑來：「幸好，我們不是在大考，這只是一次賭氣的打賭而已。一旦氣消了，就覺得賽事很無聊。」

姐姐苦笑一下，不得不承認：「是的，其實也真有點無聊。」

　　「只不過，這場比賽也不是毫無意義。從這件事上，我想到了一個新點子。」

　　「新點子？」姐姐想了想，不明所以地問：「我們是不是要重賽？」

　　「不，我們不該在這個不是你死就是我亡的比賽上再糾纏下去了。」簡愛告訴姐姐她的新點子：「我想到了，我倆應該合作做一個全新的網上節目。」

　　姐姐揚起一邊眉，驚訝讚嘆：「對啊，真是好點子！為甚麼我一直想不到？」

　　吃晚飯時，媽媽看見一整個星期也不理睬對方的兩姐妹，忽然有講有笑，兩人也好像心情大佳。她又急不及待發表

言論：

「對了，我昨天已分別看過你們兩人的直播視頻了。我覺得姐姐的直播節目比較好看，她的朋友表演的雜耍也滿有水準。反觀妹妹的節目內，表演的同學水準參差不齊，演出也錯漏百出，尚有很大的進步空間啊！」

兩姊妹因媽媽突如其來的一句「考試評分」，中斷了本來很愉快的對話。

簡愛臉上有一種話在心裏口難開的辛苦表情，姐姐向她用力點一下頭，似是支持她把話講出來。於是，簡愛把臉轉向媽媽，不吐不快地説：

「媽媽，你到現在還不明白嗎？為甚麼非要等到了你公司裏的同事無意中發現了，才會得知姐姐和我開了網上節目？」

媽媽靜默下來，不明白的說：「可以告訴媽媽為甚麼嗎？」

「因為，一旦給你知道了，你便會充當評判，急不及待要給我們打分數。並且，你一定要把我們分高下優劣。你總要說我們哪一個比較好，讓另一個被挑剔得無地自容。所以，我和姐姐都怕死了，那就是我們不情不願給你知道的原因了。」

姐姐第一時間便附和：「是的，我完全同意妹妹的話，這也是我的心聲。」

媽媽一直察覺不到這個問題，又或者，她覺得講幾句評語沒甚麼大不了啊。她怔了好半晌才説：「我真的給了你倆那麼大的壓力嗎？」

　　簡愛誠心誠意地説：「媽媽，有時我們去做一些事，只為了自己高興而做，不

為是了取得甚麼大成就啊。」

　　姐姐也補充：「我們要跟別人競爭的事已有太多太多了，偶然想做一些自己喜愛的事。因為，只有做喜愛的事的時候，才會不計較勝負，好好享受一下那份悠閒的樂趣吧！」

兩姐妹同心一致的口吻，讓媽媽得知自己在這件事上錯判了形勢，她感懷地嘆口氣說：

　　「媽媽明白了。我一直覺得，女人當自強，不可依賴任何人，否則就會給別人機會去欺負。慢慢地，我也把那一套放到你倆姐妹身上了，希望你們積極爭取表現，擔心你們給別人小看，沒想到卻讓你們受苦了。」

　　媽媽滿臉歉疚，令兩姐妹不知如何是好。其實，兩人對她並無責怪的意思，只想告訴她倆的真實感受。

　　媽媽頓了一下，説了下去：

　　「我一直以為，告訴你們我的看法，你們便會循着那個方向努力改善，成績也會突飛猛進。但看起來，這也給了你們太多不必要的壓力。所以，我會盡量減少評語，讓你們盡情發揮所長！我也很高興你們長大了，有自己的一套想法。你們都是我引以為傲的好女兒！」

　　兩姐妹相視一眼，**不約而同**的也伸手出去緊握了媽媽的手，**異口同聲**地說：「因為你教導有方啊！」

　　三母女心裏也感受到一陣暖意，互勉地笑起來了。

第 9 章

冰釋前嫌的姐妹

　　籌備了整整兩星期，由簡佈和簡愛攜手主持的 Youtube 新節目《簡氏姊妹頻道》，這天終於要開播了！

　　節目採用預先錄影的形式，逢週六晚八時準時播出。預錄有個好處，就是可以多拍一點，然後去蕪存菁，從中剪輯出精華片段。

　　在此之前，簡愛總要一個人包辦了錄影、燈光、剪輯、設計版面、加入主題與

配樂、字幕等等，每次做這些繁複的流程，都會令她**頭昏腦脹**。但兩姊妹這次破天荒合力的炮製一個節目，本來總得用上兩天才製好的片子，二人居然只用了五小時便完成，讓她充份體驗到分工合作的好處。

週六晚上，一切都準備就緒了，只等着八時正的新片上線的一刻，當然地，兩人也在各自的頻道內預告有這個新節目，請大家多多支持啦……但眾網民的反應如何呢？始終無人能料吧！

　　還有十分鐘就到開播時間，兩姊妹在桌上電腦前坐立不安，感覺竟像等着升級或留班的期終成績單那樣。

　　簡佈突然開口了：「妹妹，在開始新節目之前，我有件事要對你説對不起。」

　　「甚麼？」

　　「其實，是你啟發了我開個人Youtube頻道，我真有好好參考過你的做

法。你的節目構思太好了，我或許真有抄襲的成份，所以要向你道歉。」

簡愛一邊搖頭一邊說：「不，你不用抱歉，我當時說了**賭氣話**，我才要跟你說對不起。」

是的，當時簡愛一時氣憤，在媽媽面前指責姐姐：「你見我做了 Youtuber，馬上就要跟風，還要將我的內容複製一次，不是該好好感謝我嗎？」

可是，待情緒冷靜下來，她就知道自己錯了。她當然有看過姐姐 Youtube 頻道的內容，都是教導觀眾做伸展運動為主，也會介紹

一些好用的健身小道具。跟簡愛偏愛介紹美妝扮靚等，根本就是大相逕庭。

　　她勉強説姐姐將她的內容複製一次，也是言不由衷，只想説一些傷害姐姐、發洩自己對她不滿的話。

　　姐姐聽到簡愛反過來向她致歉，她苦笑地説：「我們就別一直互相道歉了。最重要的是，我們都找到了一個渠道，對別人説出了想説的話啊。」

　　簡愛認同不過：「是的，我們開網上節目，只因有話想説！」

　　姐姐歪着腦袋，想想不禁有點擔心：「現在，我倆組成了姊妹團，説上雙倍的

話，不知道效果又會如何呢？」

　　簡愛笑嘻嘻的：「觀眾們有可能覺得
這兩個女子在吱吱喳喳，好煩厭呢！」

　　這時候，姐姐看到時間搭正晚上八時，
她深深吸一口氣說：「答案馬上就會揭曉
囉！」

　　《簡氏姊妹頻道》首播。節目的第一節是兩姐妹的日常對談，講述學校內發生的趣事、同學的傻人傻事等。

　　然後，節目第二節，就是兩人跟隨着對方學習一件事。在首集裏，簡愛跟隨運動型的姐姐做金雞獨立的姿態，但運動神經不發達的她，多次失平衡跌坐在瑜伽墊上，一張臉真像生意失敗。幸得姐姐耐心地指導，連續失敗了十六次後，簡愛終於可單腳穩立，並可把另一條腿提高至九十度角，雖然雞手鴨腳，但姿態總算稱得上標準，姐姐笑着給她六十分，簡愛鼓起泡腮説自己總該有七十五分了吧。

到了姐姐跟簡愛學習搽指甲油，只見對打扮**一竅不通**的姐姐，把指甲油一直塗出了手甲。對美麗有追求的簡愛當然不滿意，用洗甲水把姐姐指甲上的油彩拭走，指導她來了一次又一次，塗了整整八次後，簡愛才給姐姐合格。最惹笑的是姐姐看着自己塗了指甲油的手指，哭笑不得的說：「我做一小時運動也**精力充沛**，為甚麼塗指甲油卻使我筋疲力盡？」簡愛在旁邊掩着嘴偷笑，一副耍了姐姐的表情，教人**忍俊不禁**。

由於節目內容**輕鬆風趣**，題材也很貼地，亦有競技的元素，再加上兩姐妹

大不同的性格所引發的火花，娛樂性豐富。只見片子播到一半，觀看的觀眾已火速衝上 1,550 人，打破二人各自保持的最高觀眾瀏覽紀錄！

然後，大概因為很多觀眾也喜歡這段影片，所以轉發推薦給朋友，帶動點擊的人數繼續上揚，一舉飆升到 2,400 人以上！

這是節目的首播，兩姐妹也不存厚望，只求有一些固有的網民支持便已很好，沒想到效果卻出奇地理想。望着每秒鐘都在遞增的觀眾數字，兩人皆目瞪口呆。

　　這一刻，她倆終於體現到團結的神奇力量了！

　　後來，連一向不留意簡愛的 Youtube 節目的同學，也開始追看《簡氏姊妹頻道》了。當然，兩姐妹各自的頻道也沒有錯過，更成了忠實觀眾。

　　這一天，一群小三戊班的女生在七嘴八舌地討論。小櫻妹妹喜上眉梢的説：「我昨晚看了簡佈的健身運動頻道，她教

大家打泰拳的視頻太厲害了！她曬得一身健康的古銅膚色，整個人又身輕如燕，我把她當成一個榜樣了！」

　　方圓圓興奮地附和：「何止是榜樣，我直接就把她當成偶像了！她說打泰拳可在短期內減磅，我順道可減肥了！」

女班長蔣秋彥說：「我也看了啊，我記得簡佈說到打泰拳的心法：『一發三連，速戰速決』和『該出手時先出手，一擊必殺』，那一段說得太好了。」她**蠢蠢欲動**的，忍不住向半空揮出兩記左右直拳。沒想到手臂幼得像火柴枝的她，一出拳倒是似模似樣的。

　　幾個女生**興之所至**，並排站在黑板前練起泰拳來，叫三戊班內的男生嚇得退避三舍，恐怕會給女生意外地一拳打暈。

　　女生耍起狠勁來，也是**生人勿近**的啊！

　　咬着筆頭，苦苦思索着下星期

節目內容的簡愛，看着黑板前一群虎虎生威的「女兒當自強」，不禁會心微笑起來。真沒想到，姐姐居然帶動了三戊班的一股運動熱，她決定回家時一定要把這個好消息告訴姐姐。

回想起來，簡愛真的很慶幸有這個結果。她終於明白，一家人各不相讓，最後只會苦了自己。相反地，要是團結一致，家人就是最強的後盾。

是的，無論如何強大的人，都希望得到應援。也由於大家給了她這份力量，簡愛比起過去的日子更快樂，她叫自己要好好珍惜這得來不易的種種。

第10章
大明星的定義

這一天，方圓圓在她家裏開生日派對，小三戊班所有同學們也是被邀請的小貴賓。因為方圓圓是班裏的開心果，大家也**欣喜**出席。

夏桑菊、姜C、黃予思和胡凱兒在地鐵站相約等候，準備一同赴約。夏桑菊和姜C先到了相約等候的車站閘口旁。姜C將身背挨在牆壁前，雙手插在牛仔褲袋內，頭**微微低垂**，擺出一副拍廣告硬照的

三七分臉來。

他有點憂鬱地說：「自從《我的同學都是大明星》播出之後，不知是否我的幻覺，我總覺得滿街的人都在看着我。」

夏桑菊翻一下白眼，「那顯然就是你的幻覺啦！」

「不啦，帥到叫別人懷疑人生的我，一早已習慣承受世間的膚淺眼光了！可是，當所有人的目光都聚焦在我身上，我也不得不感慨地坦承：我真像個大明星哩！」

站在姜C身旁的夏桑菊，也不知是不是受到他的話的影響，竟也感覺到路過的

途人紛紛在探視他倆的方向，令事情疑幻疑真。

夏桑菊心裏**呼呼亂跳**的説：「其實，他們在看的，會不會是我呢？」

姜Ｃ殘忍地説：「但是，誰看過你的表演啊？你那天不肯表演啊！」

一言驚醒夢中人，夏桑菊那天選擇做門神啊！他居然後悔那天沒有參與表演，否則，受到追捧的該是他吧？

就在這時候，兩個小女生神情怯怯地走向姜Ｃ，神情緊張的開口説：

「請問——」

姜Ｃ恍如賣洗頭水廣告似的撥一

下前額的頭髮，用**玩世不恭**的傲慢語氣說：「是的，我正好就是你們心目中的那顆明星了，要拍照還是簽名？」

　　兩個小女生互望一眼，戴近視鏡的女生**尷尷尬尬**地說：「你恐怕誤會了，我們想請問一下，你的背囊上掛着的蠟筆小新消毒液，是

從哪裏買來的？」

姜C 漲紅了臉，告訴她們那是在超市買三盒朱古力加 $29.9 換來的呢。

兩個小女生道謝一聲就想離開，看樣子是快快趕去超市碰運氣了，但姜C卻死心不息，用走了音的聲調，在兩女生身後慘叫：「無論如何，我還是可以給你們拍照或簽名啊！甚至乎……拍照再加上簽名也可以的啊！」

「非常謝謝，但不用了！」

兩個女生好像遇上 傻瓜，嚇得落荒而逃，頭也不回便走了。

夏桑菊終於發現，很多途人路過他們

也投以注目禮，雙眼原來都集中在姜C掛在背囊上的蠟筆小新造型搓手液上，姜C卻以為自己是閃閃發光的大明星，這真是天大的誤會啊！

在方圓圓的生日派對上，大家也玩得很高興，切蛋糕的時候，眾人為壽星女分別高唱了粵語、英語和國語的生日歌，但姜C仍不滿意，他獨唱了法文版的生日歌，現場沒有一個人聽得明白他在唱甚麼，只見他不斷捲着舌頭發出彆腳的歌聲，像極了一個失靈的機械人，大家笑得眼淚也迸出來。

吃蛋糕的時候，方圓圓拿着寶麗萊即

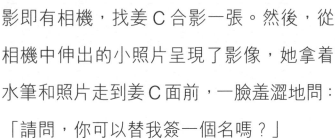

影即有相機，找姜 C 合影一張。然後，從相機中伸出的小照片呈現了影像，她拿着水筆和照片走到姜 C 面前，一臉羞澀地問：「請問，你可以替我簽一個名嗎？」

　　剛被兩個女孩拒愛、暗自傷心的姜 C，當堂精神大振，他恍如賣洗頭水廣告似的撥一下前額的頭髮，用玩世不恭的傲慢語氣對方圓圓説：「你要我的簽名嗎？沒問題，但你不會拿去炒賣吧？」

方圓圓紅着臉説：「你是我心目中的大明星，我會好好珍藏你的簽名相，當然不肯割愛的啊！」

姜C興奮莫名的揮筆一簽，終於為他第一個粉絲簽名了！大夥兒也覺得好玩，紛紛遞上了學生證、八達通卡、手機殼、餐巾等等，要求姜C簽上大名。

姜C馬上就驕傲了，他拉長聲音刁難地説：「你們也要簽名啊？一個一個排好，每個人之間要保持1.5呎的社交距離，別要爭先恐後哦！我的手很累，但我也會盡量替大家簽完……盡量啦！」

在一邊吃着生日蛋糕的夏桑菊，看

到傷心得像死魚的姜C又再「鹹魚翻生」，他真替他高興呢。

他對身旁的黃予思有感而發的説：「我真想有一個屬於自己的舞台，有一次屬於自己的表演，變成人人景仰的大明星！」

黃予思沒取笑夏桑菊，反而提醒了他：「機會很多啊，我可不是甚麼預言家，但我大可預料到，簡愛很快會辦《我的同學都是大明星2》，你總可上台表演，現在好好去準備吧。」

夏桑菊聽完乳豬的話，臉上卻有難色，透露出他少有向別人展現的脆弱一面：「我想成為一個出

色的表演者，卻不覺得自己有甚麼擅長，就算勉強演出，也只會表現出技不如人的一面，還是**獻醜不如藏拙**好了！」

是的，他上次不肯表演，只為了不懂得自己有甚麼技能。想起來，他可能比起表演每一個水準欠佳的同學，更加沒水準。

黃予思點點頭，對他的話表示理解。她神秘一笑，「其實，我們是同一種人。」

「嗯？」

「做大明星的首要條件，就是愛把自己光芒四射的一面呈現在別人面前。沒有這種**自我炫耀**的心態，是不適合當明星的。」

「所以説……我們都很失敗嗎？」

「不啦，這世上固然要有做幕前的明星，但他們是萬中無一的。但別忘記，在每個明星的身後，也需要一大群人輔助和應援。所以，我們還是可以安份地退居幕後，做一個自己稱職的崗位。因為，每個人都該有他的使命啊。」

夏桑菊呼口氣，「聽到你這樣説，我覺得自己沒那麼不中用了。」

黃予思轉向他問：「每個人也要找到自己的價值，你的是甚麼？」

夏桑菊從未想過這一些，他腦中一片空白，只好反問她：「乳豬你呢？你的價

值是甚麼?」

　　黃予思清晰地說:「我希望**好好守護**自己的親人和朋友,如此一來,我也等同於是專屬於某人的大明星了!」

　　夏桑菊聽得感動,他衷心的說:「是

的，你也是我學習的對象，我也一早把你視為偶像了⋯⋯我的大明星，你也可以替我簽一個名嗎？」

黃予思沒好氣：「你真想要我的簽名嗎？」

「對啊，你的簽名，將來可能會有炒賣價呢！」

「好的，破例給你簽個名！」然後，黃予思用食指指頭快速沾起餐碟上的蛋糕忌廉，抹一把在夏桑菊的臉頰上，然後笑嘻嘻走開去了。

夏桑菊用指頭沾起了臉上的忌廉，用指頭吮了一下⋯⋯嗯，好甜！

數一數

留意以下圖片，數一數草地上有多少隻「乳牛」。

  11 隻

找不同

請找出以下兩張圖片的八個不同之處。

答案：請留意下集或天地圖書 Facebook 專頁。

反斗群英 6 預告

群英小學農曆年假開始了，小三戊班裏的夏桑菊、黃予思、姜C、胡凱兒、孔龍、KOL、呂優和蔣秋彥等同學們，懷着興奮的心情，迎接這個一年中最漫長的大假！

到底各人會遇上甚麼開心、爆笑又感動的事情呢？請密切留意「反斗群英」第6集啦！

即將轟動上市，敬請密切期待！

書　　名	反斗群英5：我們都是大明星	
作　　者	梁望峯	
插　　圖	安多尼各	
責任編輯	王穎嫻	
美術編輯	郭志民	
協　　力	林碧琪　Key	
出　　版	小天地出版社（天地圖書附屬公司）	
	香港黃竹坑道46號新興工業大廈11樓（總寫字樓）	
	電話：2528 3671　　　傳真：2865 2609	
	香港灣仔莊士敦道30號地庫（門市部）	
	電話：2865 0708　　　傳真：2861 1541	
印　　刷	亨泰印刷有限公司	
	柴灣利眾街德景工業大廈10字樓	
	電話：2896 3687　　　傳真：2558 1902	
發　　行	聯合新零售（香港）有限公司	
	香港新界荃灣德士古道220-248號荃灣工業中心16樓	
	電話：2150 2100　　　傳真：2407 3062	
出版日期	2022年10月初版・香港	